DES EMPOISONNEMENTS ATMOSPHÉRIQUES

ÉPIDÉMIE
DIPHTHÉRITIQUE

INTERMITTENTE

DE QUATORZE MOIS DE DURÉE

PAR

A. CHIVÉ

Membre de la Société française d'Hygiène

MÉDECIN A CAUDEBEC-EN-CAUX

ROUEN

IMPRIMERIE DE ESPÉRANCE CAGNIARD

Rues Jeanne-Darc, 88, et des Basnage, 5

1886

DES EMPOISONNEMENTS ATMOSPHÉRIQUES

DES EMPOISONNEMENTS ATMOSPHÉRIQUES

ÉPIDÉMIE

DIPHTHÉRITIQUE

INTERMITTENTE

DE QUATORZE MOIS DE DURÉE

PAR

A. CHIVÉ

Membre de la Société française d'Hygiène

MÉDECIN A CAUDEBEC-EN-CAUX

ROUEN

IMPRIMERIE DE ESPÉRANCE CAGNIARD

Rues Jeanne-Darc, 88, et des Basnage, 5

—

1886

ÉPIDÉMIE DIPHTHÉRITIQUE

INTERMITTENTE

DE QUATORZE MOIS DE DURÉE

> Il est un devoir pour chaque médecin de raconter ce qu'il a vu, son témoignage devant servir au progrès scientifique dont l'humanité profite.
> A. C.

Pour rendre mon témoignage clair et précis, je crois utile de prendre l'agent toxique qui nous occupe à sa natalité, de le suivre dans sa marche capricieuse en donnant, au fur et à mesure, une description des lieux par lui infectés.

VATTEVILLE-LA-RUE

commune de huit à neuf cents âmes, située sur la rive gauche de la Seine, dont elle a à souffrir les débordements.

En effet, avant l'endiguement de ce fleuve, et même depuis, la marée qui se manifeste périodiquement sous forme de flot (si bien décrit par M. Flammarion dans le *Journal d'hygiène*), déposait et dépose encore, mais à un degré beaucoup moindre, une vase puante, qui a donné lieu à des fièvres palustres graves.

Il y a dix ans, lors de mon arrivée à Caudebec, j'y rencontrai des accès francs, qui ne cédaient au sulfate de quinine que si son emploi était précédé d'un vomitif.

Depuis quelques années, je n'y rencontre plus ces accès typiques ou primitifs ; ils se manifestent secondairement, et encore que d'une façon insidieuse dans le cours d'une maladie aiguë ou chronique.

Mais, si la fièvre, dans la force du terme, a disparu de cette localité, c'est pour laisser le champ libre à la cachexie processus analogue aux intoxications chimiques.

Le pays, ni riche ni pauvre, se suffit en se privant lorsque les charges de l'existence augmentent.

Cette commune, d'une vaste étendue, dix kilomètres de longueur, est composée de plusieurs hameaux qui sont distancés de deux kilomètres, savoir : de l'Est à l'Ouest, l'Angle, le Plessis, le Quesnay, la Neuville, la Vaquerie.

Ses hameaux sont situés sur une route rectiligne, à égale distance de la forêt de Brotonne que du fleuve, soit un kilomètre à un kilomètre et demi.

Le sol, sablonneux, n'est accidenté que par de courts vallons tous dirigés du Nord-Est au Sud-Ouest.

Maintenant que nous connaissons l'endroit attaqué, il nous reste à faire connaître les êtres où le poison a pénétré, et les sujets qui furent atteints par lui.

I. — Le 18 septembre 1884, je fus demandé par la famille L. G., dont l'habitation est située sur le versant Est du vallon du Quesnay (voir la carte), l'exprès me dit que l'enfant *étouffait*.

Le symptôme m'indiquait l'urgence de secours.

Je ne pouvais me rendre auprès de ce malade aussi rapidement que je l'aurais voulu, étant attendu sur la rive droite, que j'habite, par plusieurs malades en danger ; je conseillai donc de voir un de mes confrères.

Mon excellent confrère, M. P..., s'est empressé de voir le jeune malade, âgé de quatre ou cinq ans. Il constata une laryngite pseudo-membraneuse à la période asphyxique. Il conseilla néanmoins : vomitifs sulfure de calcium ; le frère de ce petit malade, reconnu atteint de la même affection, fut soumis immédiatement au même traitement.

Le premier atteint mourut le samedi 20.

Le dimanche matin 21, le malheureux père vint me prier de bien vouloir me rendre auprès de son second enfant. Sauvez-le moi, je vous prie, monsieur, me dit-il. Ce cri paternel, lorsqu'on est père soi-même, vous électrise, et, contrairement à mes habitudes, je dus voir cet enfant à l'insu de mon estimé confrère.

Je trouvai un enfant anémique dont l'arrière-gorge était tapissée de fausses membranes ; l'asphyxie commençait, il succomba quelques heures après ma visite. Le traitement institué avait été ponctuellement suivi.

II. — Le lendemain 23, l'enfant P... était atteint

d'une angine *pultacée*, qui céda vite aux attouchements astringents (alun).

III. — La famille A.... réclame mes soins pour son enfant, âgé de cinq ans (maison séparée de celle de L. G. par la route principale); plaques diphthériques répandues sur toute l'arrière-gorge.

Traitement : Cautérisation au perchlorure de fer à 30°, purgatif; puis perchlorure de fer à l'intérieur, auquel j'ai substitué le quinquina. — Guéri.

IV. — Le père de cet enfant fut également atteint. Même traitement, guérison et courte convalescence.

Je vis alors que je n'avais pas affaire à quelques cas sporadriques, mais bien à une épidémie sérieuse.

Par une enquête minutieuse, je suis arrivé à savoir que le vallon voisin était envahi, depuis plusieurs jours, par un brouillard froid et fétide.

Le glas lugubre, à l'instar de la générale, mettait tout le quartier sur ses gardes : chacun veillait.

Je conseillai aux parents de tenir leurs enfants enfermés à une douce température et de ne les laisser sortir qu'après la disparition complète du brouillard ; mes conseils furent scrupuleusement suivis, aucun enfant ne fut atteint à partir de ce jour.

V. — Le 30, je vis chez M. M... une jeune femme lymphatique atteinte d'une angine diphthéritique, amygdale droite.

VI. — Le même jour, je fus appelé chez la veuve M...
pour sa pupile, âgée de quinze ans, non nubile ; même
lésion et même siège que la précédente.

VII. — Le 4 octobre, le mari du n° 5 fut atteint de
la même affection.

Ces trois malades furent traités par les cautérisations
au perchlorure de fer : potion au même produit, purgatif. — Guérison obtenue en cinq jours ; convalescence
courte et peu pénible.

Les maisons habitées par ces malades sont toutes
situées sur le versant Est du vallon, véritable foyer
d'infection.

Le brouillard disparaît, les habitants respirent plus
librement.

L'hiver arrive, passe, et procure une douce quiétude
dans le pays.

VIII. — Mais, le 13 mars 1885, le poison reparaît
au hameau de l'Angle, frappe un enfant de six ans ;
demandé le 17, je n'arrive que pour assister à son
agonie.

IX. — La grand'mère de cet enfant se plaignait de
la gorge, sans paraître y attacher la moindre importance ; elle était cependant atteinte d'une angine diphthéritique ; pendant l'examen et la cautérisation de la
gorge, une odeur nauséabonde me mit sur la trace d'un
vieil impétigo du cuir chevelu recouvert de fausses
membranes.

Traitement : perchlorure de fer, localement et intérieurement.

Lavages au coaltar saponiné de Lebœuf.

L'affaiblissement général et local — cordes vocales sous lésion, me fit lui instituer un régime très tonique : quinquina et proto-iodure de fer, qui, je crois, n'a pas été suivi sérieusement, car elle succomba quelques semaines plus tard sans que je puisse la voir, étant malade moi-même.

X. — La dame B..., du même hameau, angine couenneuse, même traitement. Conseils hygiéniques pour deux enfants qui habitaient la maison et qui ne furent pas atteints.

XI. — La demoiselle L..., vomitif et cautérisation au chlorure ferrique à l'intérieur. — Même produit.

XII et XIII. — La dame D... et son frère, vus par moi le 25 dudit mois. — La femme, très gravement atteinte ; il eût été impossible de déposer une lentille sur un point sain de l'arrière-gorge. Très larges cautérisations, vomitif ; perchlorure de fer à l'intérieur ; fumigations de goudron. Pendant ces cautérisations, je recevais le poison en plein visage, comme le soldat reçoit la balle en pleine poitrine. Traitement analogue, mais moins énergique chez le frère. — Guérison.

La convalescence fut longue et pénible chez le n° XII.

XIV. — La dame Delahaye, âgée de soixante ans, même affection, même traitement. — Guérison.

XV. — La demoiselle F..., âgée de vingt-quatre ans, vue le même jour 26 ; même lésion, plus étendue, eméto cathartique. Traitement au chlorure ferrique. — Guérison.

XVI. — Le 27 mars au soir, j'ai commencé moi-même à ressentir les effets du poison diphthéritique.

Le 28 au matin, mon excellent confrère, le docteur Masson, d'Yvetot, me cautérisait avec le perchlorure de fer ; il survint une vive inflammation des amygdales, de la luette principalement.

Mon confrère dut alors avoir recours à l'alun, puis au coaltar de Lebeuf, appliqué pur avec une petite éponge ; pulvérisation du même liquide étendue d'eau. Chlorate de potasse à l'intérieur.

Les jeudi et vendredi, 2 et 3 avril, je fus pris d'épistaxis, le sang était altéré, visqueux. Vers cette date, je fus atteint d'un nervosisme des plus pénibles. Aucun symptôme de paralysie. Insomnie.

Le jour de Pâques, 5 avril, je reçus la visite de mon très cher maître, le professeur Dumesnil, accompagné de mon dévoué médecin, le docteur Masson. Qu'ils acceptent ici toute ma gratitude pour cette bonne consultation ; elle sera toujours présente à mon esprit.

J'avais encore des fausses membranes adhérentes, mais désorganisées.

Je pris l'extrait de quinquina à très forte dose, du jus de viande ; malgré ce traitement tonique, ma convalescence fut lente et pénible.

Cinq semaines après le début, je ne pouvais marcher, je me traînais.

Je suis resté fort délicat et je sais que j'ai reçu une grave atteinte qui, pour n'être pas apparente, n'en est pas moins sérieuse.

Si le dévouement ne se borne pas, la santé s'altère. En 1870, en novembre, j'étais atteint de la variole ; en janvier 1871, je contractai, à l'Hôtel-Dieu d'Amiens, une fièvre typhoïde.

Voilà le fruit de mes services rendus !

XVII. — Mon second enfant, âgé de six ans, était éloigné de ma chambre (il ne fréquentait que le couloir y conduisant), fut atteint cependant le vendredi 3 avril !

Le chlorate de potasse, à haute dose à l'intérieur, l'alun en topique, eurent raison de la première membrane.

Je regrette, pour mon observation personnelle, d'être sorti de mon foyer d'infection. J'y reviens.

Pendant ma maladie, mon remplaçant fut demandé *in extremis* pour les trois enfants du n° XII.

Ces enfants *n'habitaient* pas les mêmes locaux ; ils succombèrent. Soignés à temps, on aurait probablement pu les sauver.

Après avoir visité les communes voisines, comme nous le verrons plus loin, la diphthérie reparaît au Quesnay sur l'enfant P... (voir le n° II), âgé de deux ans ; toute l'arrière-gorge était envahie (XVIII).

Les parents me firent appeler de suite. Cautérisations au chlorure ferrique ; dans l'intervalle, des attouchements avec un pinceau imbibé de coaltar de Lebeuf étendu d'égale quantité d'eau, furent pratiqués par les parents, gens intelligents et courageux. Vomitif léger, quinquina à haute dose. Cet enfant fut très malade, mais il guérit.

XIX. — La femme G..., âgée de quarante-six ans, encore menstruée, fut atteinte le même jour. L'amygdale droite, seule, était recouverte de fausses membranes. Chlorure ferrique en topique et en potion, attouchements au coaltar Lebeuf. — Guérie en quatre jours.

XX. — Le 7 septembre 1885, même lésion chez la demoiselle D... Même traitement et même résultat.

XXI. — Le 14 du même mois, au hameau du Plessis, je vis la cousine de la précédente, âgée de quatorze ans, non nubile, atteinte du côté droit. Chlorure ferrique en topique, extrait de quinquina en potion, purgatif. — Convalescence longue.

VILLEQUIER

commune située sur la rive droite de la Seine, en face de la précédente, à quatre kilomètres Ouest de Caudebec.

Les fièvres typhoïdes y sont fréquentes et graves.

XXII. — Le 30 mai, je fus appelé chez M. M..., mon client et ami, pour prodiguer mes soins à sa dame, âgée de trente et quelques années.

Elle me raconta que trois jours auparavant, en allant cueillir, avec une de ses amies, de la verdure pour les funérailles de Victor Hugo, elle avait pataugé dans un bourbier, et qu'à son retour elle fut prise de frissons, de douleurs ganglionnaires, etc. Cette dame n'avait eu aucun contact avec les habitants de Vatteville.

Diagnostic : diphthérie siégeant en arrière des piliers du voile du palais et à la partie postérieure du pharynx.

Traitement : Cautérisation à l'alun ; gargarismes au coaltar Lebeuf ; perchlorure de fer à l'intérieur.

Après quatre jours de traitement, les fausses membranes étaient disparues. La faiblesse s'est prolongée assez longtemps, mais le quinquina et la coca en eurent raison.

XXIII. — Le 2 juin, M. M..., mari de la précédente, âgé de quarante ans, atteint d'une laryngite chronique, était depuis quelques jours sous l'influence d'une exacerbation aiguë : douleur de gorge, engorgement ganglionnaire, amygdale droite recouverte d'une fausse membrane. — Attouchements alunés, kina et coca à l'intérieur.

XXIV. — La bonne, âgée de vingt-quatre ans, fut atteinte plus sérieusement ; elle subit le même traitement. — Guérison.

CAUDEBEC-EN-CAUX

ville de 2,200 habitants, située dans un sol maréca-
geux, sur la rive droite de la Seine.

A sa construction ancienne, par conséquent défec-
tueuse, vient se joindre le manque absolu des premiers
principes d'hygiène. Il est vrai que la commission,
toute de coterie politique, du reste, chargée de la sur-
veillance sanitaire, est composée d'hommes presque
tous étrangers à la médecine.

Aussi les épidémies y ont-elles une gravité beaucoup
plus grande qu'ailleurs.

Je sais que les confrères qui m'ont précédé eurent
différentes épidémies, choléra et autres. Je sais aussi
qu'un d'eux, qui a largement payé de sa personne, s'est
vu refuser l'hôpital, dernier asile des malheureux, der-
nière étape des déclassés.

Si on baptise une rue, elle ne portera certainement
pas son nom.

Depuis que j'exerce en cette localité, je n'y ai ren-
contré, comme épidémies, que les empoisonnements
atmosphériques ; la rougeole, en 1884, y fit de grands
ravages (une quinzaine de décès). Je n'ai perdu dans
ma clientèle aucun malade, mais j'ai eu la douleur de
voir succomber une bien chère enfant âgée de vingt-
deux mois.

Depuis quelque temps, la diphthérie y règne, et la
scarlatine, sa sœur, vient d'y sévir.

XXV. — La diphthérie y fit son apparition, le 7 juin 1885, sur les amygdales du sieur L..., maître-d'hôtel.

Perchlorure de fer en topique et à l'intérieur ; purgatif, puis quinquina à forte dose. — Guérison en huit jours.

XXVI. — Le 10, la dame L..., légèrement atteinte. Alun ; purgatif ; quinquina..

XXVII. — Le 11 juillet, l'un de mes petits clients arrive de Duclair avec une scarlatine confirmée. Au quatrième jour, les amygdales se recouvrent de fausses membranes. Perchlorure de fer en topique ; attouchements au coaltar Lebeuf pur ; purgatif ; traitement au quinquina à forte dose. — Guérison lente à obtenir, mais définitive.

XXVIII. — Le 1er septembre, je fus appelé pour l'enfant L..., âgé de cinq ans ; un pharmacien l'avait vu, et avait supposé le mal dont il était atteint.

Je trouvai de fausses membranes de nouvelle formation plus *abondantes et plus épaisses à la partie inférieure des amygdales*. Les ganglions étaient très tuméfiés.

Le sifflement trachéel m'apprit qu'il s'agissait d'une diphthérie ayant probablement débuté d'emblée par le larynx.

Cet enfant s'était mouillé les pieds quelques jours auparavant.

Souffrant le samedi, il alla néanmoins à la campagne.

Il respirait déjà difficilement le dimanche.

Je l'ai vu le lundi, à six heures du soir.

Traitement : potion au polygate additionné de quinquina; vomitifs modérés; révulsion locale et des extrémités. Cautérisations alunées. Attouchements; fumigations au goudron et à la térébenthine. Alimentation légère.

Cette médication donna une amélioration tellement sensible, que, le mardi et le mercredi, j'avais un rayon d'espoir : j'étais prêt à reconnaître un remède héroïque à ce terrible mal dans les fumigations balsamiques et réputées antimiasmatiques.

Le jeudi matin, l'enfant était plus oppressé ; le soir, l'agitation et l'oppression m'inspirèrent de vives inquiétudes : les vomissements obtenus ne contenaient aucune pseudo-membrane.

Vermifuge pour contenter la famille.

Le vendredi matin 4, je trouvai mon petit malade plus mal que la veille. Il n'existait aucune paralysie.

Le rôle du médecin cessait, celui du chirurgien commençait.

Avec toute la précaution voulue, j'avertis la pauvre mère, qui, quelques années auparavant, avait perdu une petite fille, à peu près du même âge et de la *même affection* (hérédité?) ; il ne reste plus, lui dis-je, qu'à tenter l'opération, et si votre mari, à son retour, en est partisan, appelez un confrère d'Yvetot.

Le médecin appelé conseilla quelque chose, je ne sais quoi, mais ne fit pas la trachéotomie.

L'enfant succomba à six heures du soir.

XXIX. — Mme D..., angine pseudo-membrane. Alun en topique. Quinquina en forte dose en potion. — Guérie en quelques jours.

XXX. — Mlle F..., âgée de dix ans, atteinte depuis deux jours de scarlatine, offre une pseudo-membrane sur l'amygdale droite. Chlorure ferrique en topique; quinquina. — Guérie.

XXXI. — L'enfant B..., âgée de onze ans, d'un tempérament lymphatique, atteint d'une hypertrophie des amygdales, lesquelles *furent recouvertes,* il y a *quatre ans, de fausses membranes.*

J'avais déjà conseillé l'ablation à différentes reprises, et étais sur le point de la pratiquer, conformément aux conseils du professeur Bouchut.

Après mûre réflexion, je fis mander en consultation un confrère d'Yvetot qui n'en fut pas partisan; il préféra continuer les cautérisations au perchlorure de fer ; ce qui fut fait.

Le 13 septembre 1885, je revis ce petit client, dont les amygdales offraient une nouvelle poussée aiguë avec un point diphthéritique.

Je touchai ce petit point avec un pinceau imprégné d'alun en poudre, malgré les réclamations du père, qui voulait me faire employer le chlorure ferrique dont il se rappelait les bons effets dans le *mal blanc* précédent.

Je fus obligé de l'utiliser le lendemain, car la pseudo-membrane s'étendait.

Le 15, mon petit malade avait une forte éruption scarlatineuse.

Cette observation est curieuse, très curieuse même ; d'abord, elle démontre que dans des cas semblables, on peut, on doit même, ne pas *recourir à l'ablation* des amygdales comme le veut le professeur Bouchut.

Elle confirme la *récidivité de la diphthérie.*

Elle prouve que cette *affection peut précéder l'éruption et l'empoisonnement scarlatineux.*

XXXII. — Mlle D..., âgée de quinze ans, nubile, visitée le 2 novembre 1885, diphthérie sur les deux amygdales. Alun, coaltar, purgatif, quinquina.

XXXIII. — Mlle S..., âgée de vingt-trois ans, diphthérie d'une seule amygdale droite. Alun, quinquina. — Toutes deux en voie de guérison.

CAUDEBECQUET

hameau de Saint-Wandrille, situé à deux kilomètres
Est de Caudebec, dans une vallée très froide, fréquem-
ment visitée par les brouillards. — Direction : Nord au
Sud. — Pas de fièvres palustres.

XXXIV. — Le 14 juillet au soir, le sieur R...
vint me chercher pour sa demoiselle, âgée de seize ans,
atteinte d'une angine depuis plusieurs jours. Alun en
topique sur un petit point pseudo-membrane ; un purgatif
tonique. — Rapidement rétablie.

RANÇON

hameau de la même commune, même vallée que le précédent, à deux kilomètres plus loin.

XXXV. — Le 23 juillet, même cas chez une demoiselle J... — Même traitement et même résultat.

BETTEVILLE

canton de Pavilly. Commune située sur le plateau Est de la vallée précédente, en face Rançon, dont elle est séparée par une côte de deux kilomètres.

Je donnai mes soins au sieur D... pour une plaie grave de la main par éclat d'armes à feu. Lorsque, le 27 juillet, sa sœur, âgée de vingt-trois ans, profondément anémique, se plaignait de douleur de gorge, engorgement ganglionnaire au toucher, et à l'examen visuel, diphthérie.

Trois jours après, le 30 juillet, madame sa mère fut prise, puis mon blessé.

Traitement : alun en topique; coaltar en gargarisme; quinquina.

Je crois devoir ajouter que la plaie pansée avec le coaltar ne subit aucune modification.

NORVILLE

canton de Lillebonne, Commune importante située sur la rive droite de la Seine, en face le hameau du Quesnay et de la Neuville, pays jadis visité par le poison maremmatique. Comme Vatteville, son voisin, il n'offre plus aujourd'hui que la cachexie.

XXXVI. — Le 18 octobre 1885, on m'appela d'une façon pressante pour un enfant, L..., âgé de quatre ans ; il était décédé lors de mon arrivée.

Cet enfant souffrait depuis plusieurs jours et, d'après les renseignements, paraissait avoir succombé au croup.

L'idée me vint d'examiner les autres enfants. Heureuse idée ; car, sur six enfants, trois avaient des pseudo-membranes sur les amygdales.

La mère, qui se plaignait pendant l'examen de ses enfants, était également atteinte.

Perchlorure de fer en topique et en potion pour deux. Chlorate de potasse pour les deux autres ; fumigations de goudron plus tonique. — Guérison.

Je crois avoir suffisamment exposé les faits qu'il me fut permis de constater pour pouvoir en tirer des déductions théoriques et pratiques.

Je n'ai pas la prétention d'avoir découvert un remède infaillible à la diphthérie ; mon principal but est de donner mon opinion personnelle sur des théories émises et sur le traitement rationnel qui s'en suit.

La diphthérie est comme le choléra, son parent, d'importation asiatique.

Des auteurs sérieux ont longuement disserté sur cette terrible affection.

Bretonneau, Home, Guersaut, Miltar, ont admis l'influence des climats froids et humides.

Guersaut et Blache ont remarqué que les enfants pauvres et mal soignés y étaient plus exposés que les autres, opinion contestée par Cauthier et Hache.

Enfin, Jodin, Liedwig, Letzerich, ont considéré la diphthérie comme une affection parasitaire due à un champignon, le zygodermus fuscus, dont la contagion se ferait à l'aide de spores voltigeant dans l'atmosphère.

Je vais passer en revue ces trois théories par rang d'ancienneté :

1° L'influence climatérique, froid humide ;

2° La disposition individuelle admise par certains et rejetée par d'autres ;

3° L'élément parasitaire, qui n'a pour lui, jusqu'à ce jour, ni contradiction ni approbation.

La première théorie, tout *étant* fausse, est vraisemblable ; en effet, le froid humide prépare la muqueuse respiratoire pour recevoir le virus diphthérique, il procure la réceptivité, voilà son principal rôle. Ne voyons-nous pas très souvent de longs mois s'écouler avec une température froide et humide sans remarquer aucun cas de diphthérie.

Il est un état atmosphérique particulier qui offre une donnée plus sérieuse (peut-être même, était-il englobé par les auteurs précités dans le froid humide); je veux dire le *brouillard;* sa fâcheuse influence n'a pas échappé à mes intelligents confrères, M. Maillard, de Duclair, et M. Delépine, de Pavilly.

J'ai dit, dans ma première observation, que le vallon était envahi par un brouillard puant.

Pendant tout le cours de l'épidémie en question, la brûme se fit sentir dans les endroits infectés.

Je démontrerai plus loin quelle part le brouillard doit avoir dans le sujet qui nous occupe ;

2° La disposition individuelle est à prendre en considération, non pas comme cause, mais bien comme offrant une *prise plus facile* à *l'agent toxique,* comme cela se passe dans tous les *cas pathologiques.*

Elle joue le rôle de terrain parfaitement préparé pour recevoir le virus ;

3° L'élément parasitaire, miasmatique, quelle que soit l'appellation préférée, me paraît être la vraie théorie de la diphthérie.

Il résulte de ma pratique personnelle que le choléra, la fièvre paludéenne, la rougeole, la variole, la scarlatine et la diphthérie, doivent *être classées dans les empoisonnements atmosphériques;* l'affinité de ces deux dernières affections n'est-elle pas admise par tous les auteurs ?

Cette théorie admise nous porte à admettre les autres comme nécessaires, adjuvantes.

En effet, l'effluve a besoin, pour se développer, d'air et d'humidité, et, pour se propager, du brouillard et du

vent. N'est-ce pas le soir et le matin que la fièvre se
contracte, etc., etc.

En parlant de la constitution paludéenne de Vatteville et de Norville, j'ai fait remarquer la cachexie
remplaçant la fièvre, de même j'ai remarqué des cas
bénins de diphthérie; cela tient à une dose toxique
moindre, ou à la résistance plus grande du sujet.

C'est principalement le brouillard qui est le véhicule
du virus diphthéritique, et le vent son propagateur
(courants aériens).

Où et comment se forme-t-il?

Pour moi, toute décomposition végétale et animale
doit jouer le rôle principal.

L'odeur repoussante du brouillard (certaines épidémies à Raffetot (Seine-Inférieure), d'après M. le Dr Hé-
lot, paraissent le confirmer.

La contagion est certaine, mais il faut un contact
très proche ou un courant d'air favorable.

On a pu remarquer que, dans le cours de cette épidémie, je n'ai pas signalé une complication assez fré-
quente que j'ai rencontrée dans certains cas isolés, spo-
radiques, je veux dire la paralysie.

Je crois pouvoir démontrer que la thérapeutique, em-
ployée dès le début, joue un rôle considérable dans cette
complication de la diphthérie.

Je ne passerai pas en revue tous les arcanes préconisés
contre cette affreuse maladie.

Je me bornerai à dire que tout poison a son contre-
poison, plus ou moins bien connu; aussi, j'ai adopté un
système employé en médecine légale pour les poisons

inconnus ; c'est l'usage d'un sujet témoin. En matière épidémique, c'est le médicament qui donne les meilleurs résultats qui doit être l'antidote préféré.

Il est vrai que les chercheurs d'infiniments petits ne nous ont pas donné la forme du parasite qui nous occupe ; il est bien difficile de reconnaître dans les milliers qui nous entourent, et que nous absorbons par tant de voies, quel est celui qui nous empoisonne, et quand même nous le trouverions d'une façon positive, ne nous resterait-il pas encore à chercher son antidote?

N'a-t-on pas trouvé que le microbe cholérique avait la forme d'une virgule, et que le contre-poison était l'opium, employé depuis fort longtemps!!

Voici mon raisonnement pratique, et il est basé sur le traitement des empoisonnements chimiques et virulents :

1° Empêcher l'arbsorption du produit toxique ;

2° Le neutraliser lorsqu'il est pressé dans la circulation ;

3° L'éliminer par des purgatifs.

Le meilleur moyen d'empêcher l'absorption est de détruire sur place l'élément nuisible, ce qu'on obtient dans la diphthérie avec le perchlorure de fer.

Les travaux de Rodet, de Lyon, sur le virus syphilitique ; ceux de Aubrun sur la diphthérie, sont admirables par leur logique.

Contrairement aux autres caustiques, le chlorure ferrique détruit le virus existant, et empêche, par la construction des capillaires, l'absorption de la partie non entièrement détruite.

Pris en potion, à intervalles rapprochés, le perchlorure de fer maintient la constriction capillaire des parties atteintes, tout en agissant comme antidote, c'est-à-dire contre l'altération du sang, si rapide dans cet empoisonnement.

Par ce dernier et bon effet, il prévient les complications ultérieures.

Malheureusement, il est des cas où son usage est contr'indiqué, soit à cause de l'inflammation trop vive des tonsilles (Obs. XXXI prouve néanmoins le contraire) ou de la luette, soit que les voies digestives le supportent mal, ce qui est plus fréquent.

C'est dans ces cas qu'il est utile de recourir à l'alun en topique , au chlorate de potasse et au quinquina à fortes doses à l'intérieur.

Le premier n'agit bien que dans les cas *bénins*, le second débilite énormément. *Son emploi doit être surveillé ;* le troisième n'offre pas d'inconvénient, et relève rapidement les forces.

Quant au coaltar, dont j'ai déjà fait usage dans certains cas, et cela avec avantage, il me paraît toujours utile, jamais nuisible; il est, pour moi, l'auxiliaire des cautérisations, en permettant à toute personne étrangère à la médecine de pouvoir l'appliquer souvent; il agit bien plus comme tonique, comme modificateur de la muqueuse malade ou menacée, que comme antidote.

L'observation XVIII, surtout, confirme mon opinion.

Dans tous les cas, je nourrissais les malades autant que possible.

Si ce traitement, intelligemment institué, peut donner de magnifiques résultats, toute guérison possible, selon moi, il n'en est malheureusement pas de même lorqu'on est appelé trop tard ; c'est-à-dire lorsque le larynx est pris, soit primitivement, soit secondairement.

On a conseillé le traitement par le sulfure de calcium, par les fumigations de goudron et de térébenthine.

Les observations I et II font justice du premier contre-poison.

Les fumigations résineuses doivent être employées toutes les fois que l'on craint la propagation laryngée, comme à l'observation XII, mais lorsque le larynx est réellement pris d'emblée ou secondairement, je les crois inefficaces. (Obs. XVIII.)

Palvadeau et Régi ont injecté entre deux cerceaux de la trachée une solution ferrique diluée, suivie d'un vomitif ; le malade guérit. (Moyen à tenter.)

De la trachéotomie.

Opération tentable dans les grands centres, rarement praticable dans les campagnes.

Il arrive, en effet, que dans les villes, les individus peu fortunés sont dirigés sur les hôpitaux, où ils trouvent tous les soins réunis, médicaux et hospitaliers.

Là, les insuccès ne tirent pas à conséquence ; la médecine a fait ce qu'elle a pu, elle a fait ce qu'elle devait.

Dans la clientèle fortunée, plusieurs praticiens sont

réunis, leur responsabilité est sauvegardée, au moins en grande partie; le concours de gardes intelligentes leur est assuré.

Dans les campagnes, c'est tout le contraire qui se produit; outre le défaut, en général, de toutes les conditions précitées, qui permettent d'obtenir un succès de deux tiers, d'après M. Petel, de Rouen, le praticien doit franchir bien des obstacles :

1° L'analyse de ses actions par des hommes quelquefois aussi incompétents que méchants. Ici, un gros employé des chaussées, pour la grosseur duquel elles sont trop petites, qui parle fractures; là, un faiseur de cuirs qui disserte accouchements; plus loin, une vieille commère qui voit des vers partout, ou encore une fanatique qui reconnaît des maux de *bons* saints dans tous les malaises que l'homme éprouve ; et, dans certains endroits, un juge de paix, dépourvu de *diplôme de droit,* juge la médecine qu'il n'a pas étudiée davantage, et, personnage d'importance, apprécie les honoraires du médecin, en fixe le mode de paiement.

Le médecin qui se trouve sous la pression d'un sujet de ce genre doit toujours avoir présent à l'esprit que lui, *diplômé, est volontairement,* le plus souvent, choisi par le malade, tandis que *l'empirisme en droit est imposé aux justiciables ;*

2° La crainte opératoire de la famille, qui offre une certaine logique, contre laquelle le médecin prudent ne peut pas trop réagir ;

3° Les restrictions légales pratiques vis-à-vis des

médecins, qui ont le plus besoin d'une grande latitude.

Le médecin de campagne doit avoir, et a le plus souvent, une instruction plus généralisée que certains médecins de grands centres ; il visite, en général, beaucoup de malades atteints d'affections très différentes ; la médecine, la chirurgie, les accouchements, etc., se présentent continuellement à sa sagacité, mais il se trouve loin du soleil scientifique, sous les rayons duquel on pérore beaucoup. Il semble que la lumière ne brille pas pour lui et que les privilèges d'une caste doivent subsister.

Le public finira par comprendre — et l'imposer à ses mandataires — qu'on ne guérit pas avec des paroles, fussent-elles latines ou chinoises, et que tout médecin investi de sa confiance doit jouir de la liberté accordée à tous, et cela pour le plus grand bien du peuple.

De ce qui précède, il faut déduire que le médecin doit agir avec beaucoup de prudence pour la trachéotomie classée dans les opérations urgentes et praticables — par tolérance ? il est vrai, par tout praticien.

Soldat de chaque heure, le médecin a le devoir de ne jamais fuir le danger. Il doit savoir exposer sa vie ; voire même celle de ses proches, tout en sachant que les récompenses ne brillent pas pour lui, car elles sont plutôt délivrées à des *confrères étrangers qu'aux pionniers des campagnes.*

La satisfaction du devoir accompli est la plus belle récompense qu'il puisse espérer.

Mais si le médecin auquel la société n'assure rien, ne lui fait remise de rien, pas même de l'impôt du sang, a le devoir d'exposer sa vie, doit-il compromettre une réputation péniblement et légitimement acquise?

Doit-il, en un mot, mettre dans la balance de la chance son avenir et celui de ses enfants, contre un cas désespéré?

Je laisse la parole à un sincère républicain . . . . « *Ne major benignitas sit quam facultates.* » Et plus loin : « . . . . . *Primum in eo peccant, quod injuriosi sunt in proximos.* » (*Cicero, De Officiis,* lib. i).

Traitement prophylactique.

Aucun médicament n'a, jusqu'ici, la réputation légitime de préserver de la diphthérie. Néanmoins, le perchlorure de fer, le goudron liquide ou en pastilles, peuvent être conseillés avec avantage, sans inconvénient.

Comme dans toutes les affections contagieuses, l'isolement s'impose ; il doit être aussi complet que possible.

C'est aux parents qu'il importe de bien éviter le brouillard, le refroidissement des extrémités inférieures de leurs enfants, de leur surveiller la gorge au moindre malaise. Qu'ils se rappellent que la guérison de la diphthérie dépend souvent de la promptitude des secours, et que c'est de cette terrible affection qu'on a dit avec raison :

« *Partir vite, aller loin, et ne revenir que le plus tard possible.* »

THÈSE

I. — La diphthérie, comme la scarlatine, pour laquelle elle a beaucoup d'affinité, la rougeole, la variole, la fièvre paludéenne, le choléra, étant de nature toxique, doit, avec ces autres affections, former un groupe pathologique particulier, sous la dénomination d'*empoisonnements atmosphériques;*

II. — La diphthérie naît dans les milieux *brumeux;* elle tue primitivement par influence physique, et, secondairement, par absorption toxique parasitaire ;

III. — La diphthérie est contagieuse. Elle se propage par contact individuel et par les courants aériens ;

IV. — Elle offre parfois une forme bénigne qui peut communiquer une forme grave;

V. — Elle peut atteindre plusieurs fois le même sujet;

VI. — Il n'y a pas de diphthérie sans fausses membranes, et le rash fait souvent défaut;

VII. — Les paralysies diphthéritiques sont dues au manque d'influence thérapeutique, c'est-à-dire quand celle-ci n'a pu neutraliser, ni éliminer le produit toxique absorbé ;

VIII. — Comme pour le virus rabique et syphilitique, les cautérisations doivent être faites avec fermeté sur tous les points accessibles ;

IX. — Le perchlorure de fer, en rendant insoluble, détruit par conséquent les fausses membranes et empêche l'absorption, c'est-à-dire l'empoisonnement général ;

X. — Le sulfate d'alumine et potasse, le coaltar, ne sont que de faibles auxiliaires ; utiles, cependant, dans certains cas particuliers ;

XI. — Les fumigations ou pulvérisations balsamiques ne sont pas nuisibles. Il est même prudent d'en user, car elles modifient heureusement les voies aériennes sur lesquelles le poison se fixe primitivement ;

XII. — Le traitement interne de la diphthérie doit être tonique et réparateur.

Le chlorure ferrique tient le premier rang, c'est l'antidote par excellence ; à ce titre, il peut être employé comme préservatif, de préférence au chlorate de potasse, qui débilite, et dont les effets sont très problématiques ; puis, le quinquina, la coca, le jus de viande.

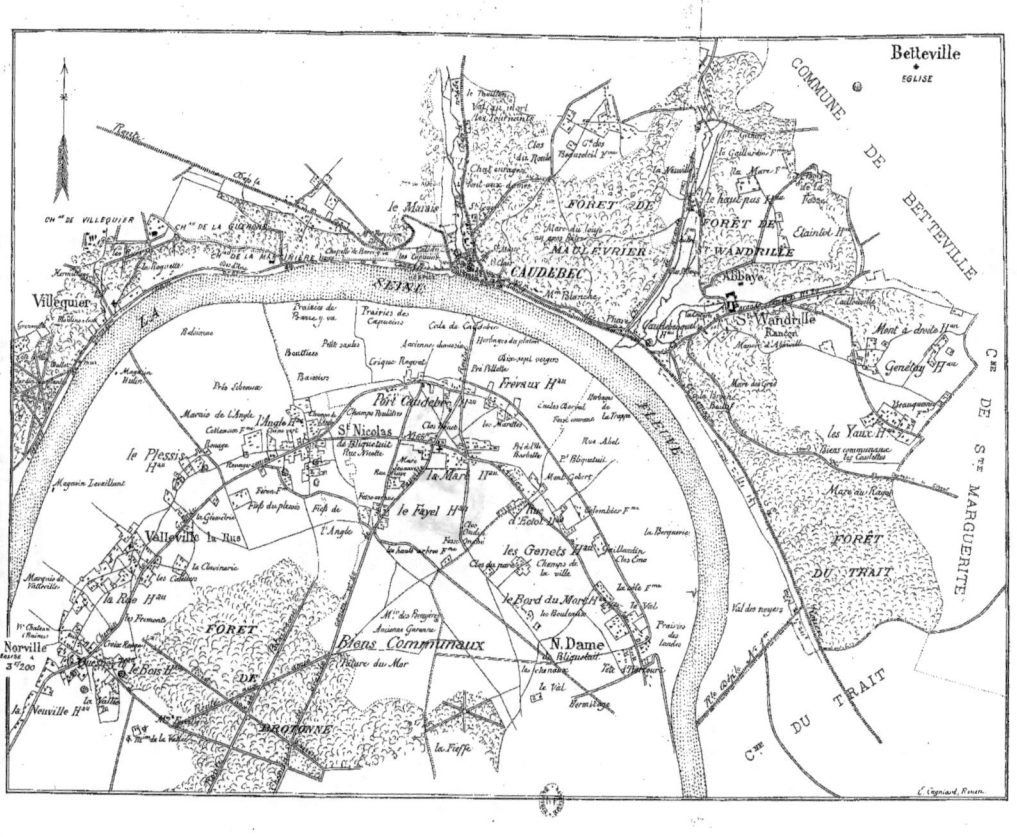

www.ingramcontent.com/pod-product-compliance
Lightning Source LLC
Chambersburg PA
CBHW060903180626
46818CB00004B/1826